Fiestas

Ramadán

por R.J. Bailey

Bullfrog Books

Ideas para padres y maestros

Bullfrog Books permite a los niños practicar la lectura de texto informacional desde el nivel principiante. Repeticiones, palabras conocidas y descripciones en las imágenes ayudan a los lectores principiantes.

Antes de leer

- Hablen acerca de las fotografías. ¿Qué representan para ellos?

- Consulten juntos el glosario de fotografías. Lean las palabras y hablen de ellas.

Lean en libro

- "Caminen" a través del libro y observen las fotografías. Deje que el niño haga preguntas. Señale las descripciones en las imágenes.

- Lea el libro al niño, o deje que él o ella lo lea independientemente.

Después de leer

- Inspire a que el niño piense más. Pregunte: ¿Tu familia celebra el Ramadán? ¿Qué tipo de cosas puedes ver cuando la gente celebra el Ramadán?

Bullfrog Books are published by Jump!
5357 Penn Avenue South
Minneapolis, MN 55419
www.jumplibrary.com

Library of Congress Cataloging-in-Publication Data

Names: Bailey, R.J.
Title: Ramadán / por R.J. Bailey.
Other titles: Ramadan. Spanish
Description: Minneapolis, MN: Jump! Inc. [2017]
Series: Fiestas | Includes index.
Translated by RAM Translations.
Identifiers: LCCN 2016016361 (print)
LCCN 2016017086 (ebook)
ISBN 9781620315118 (hardcover: alk. paper)
ISBN 9781620315262 (paperback)
ISBN 9781624964749 (ebook)
Subjects: LCSH: Ramadan—Juvenile literature.
Fasts and Feasts—Islam—Juvenile literature.
Classification: LCC BP186.4 .B3518 2016 (print)
LCC BP186.4 (ebook) | DDC 297.3/62—dc23
LC record available at https://lccn.loc.gov/2016016361

Editor: Kirsten Chang
Series Designer: Ellen Huber
Book Designer: Michelle Sonnek
Photo Researchers: Kirsten Chang & Michelle Sonnek
Translator: RAM Translations

Photo Credits: All photos by Shutterstock except:
Adobe Stock, 14–15; Alamy, 9, 16–17.

Printed in the United States of America at Corporate Graphics in North Mankato, Minnesota.

Tabla de contenido

¿Qué es Ramadán?

El Ramadán es una celebración musulmana.

Dura un mes.

¿Cuándo ocurre?

En el noveno mes del calendario musulmán.

Comienza con la luna nueva.

Es un tiempo para demostrar fé.

Ayunamos. Oramos.

Ayudamos a los necesitados.

Cuando el sol brilla,
no comemos.

No bebemos.

11

Visitamos la mezquita.

Sam reza.

mezquita

Lulu lee un libro.

Dios nos lo mandó.

Se llama el Corán.

El sol se pone.

El ayuno termina.

Mamá cocina.

¡Rico! Tenemos
hambre.

El mes termina.

Damos regalos.

¿Que le dieron a Alí?

¡Dinero!

Colgamos luces.
Comemos dulces.
¡Feliz Ramadán!

Los símbolos de Ramadán

luna nueva

regalos

dulces

luces

Glosario con fotografías

Corán
El libro sagrado de la religion islámica.

mezquita
Lugar donde los musulmanes adoran.

fe
Creencia firme acerca de la existencia de Dios.

musulmán
Persona que sigue la religión islámica.

Índice

Para aprender más

Aprender más es tan fácil como 1, 2, 3.

1) Visite www.factsurfer.com

2) Escriba "Ramadán" en la caja de búsqueda.

3) Haga clic en el botón "Surf" para obtener una lista de sitios web.

Con factsurfer.com, más información está a solo un clic de distancia.